PHARISEE'S LOVE SONGS
法利賽戀曲

邢詒旺
詩集

花蹤文學獎得主

邢詒旺 著

你們這假冒為善的文士和法利賽人有禍了！因為你們好像粉飾的墳墓，外面好看，裏面卻裝滿了死人的骨頭和一切的污穢。

《馬太福音》23：27

弟兄們！我是法利賽人……我現在受審問，是為盼望死人復活。

《使徒行傳》23：6

目次。

1

野地的花

野地裏的草今天還在，明天就丟在爐裏，神還給它這樣的妝飾，何況你們呢！

《馬太福音》6：30

玫瑰

一、致愛迪生

我們等待的玫瑰陸續盛開了：
夏雪、林火洪荒、佳節時的一顆顆
人肉炸彈……我們等待，但是否
我們寧可等待？

因為等待可以讓愛情延續
而盛開的，只是百年前的愛情：
愛人們努力發明幸福
而他們的愛人在玫瑰中

嗅到他們的屍骨：
噢，玫瑰，血色的石油，迸裂的燈泡
噢，玫瑰，刮擦的唱片，性愛的制服

我們不責怪玫瑰的刺，我們的手指
因為疼痛而得以恢復
敏感，一如初吻的唇

二、致愛因斯坦

因為猶太人的問題就是全人類的問題
而相對論的天平從來沒有
一個人類下來過——
你把我們擺上去了
你能把我們的膚色、血和語言
都平平地，擺上去嗎？

因為你的思考就是全人類的思考
你死了，我們還拼命活
在你鬍子的天平上，搖晃
旋轉，憑空晃出玫瑰狀

你永遠不會瞭解猶太人，愛人
因為愛上一個人
就等於和一個人
隔上一朵玫瑰的距離

三、致張愛玲

我不知道你為何這樣
我從來就不想知道
因為我知道,我想知道的
我從來都無法無法
忘掉。我只能猜:

你穿的白,是要把血染成婚紗?
你的路徑,沒有吶喊可以抵達?
婚紗和處女膜是一樣的!吶喊和冷
笑,都是脫不掉的,能脫掉的
只有情人節,唉,那些去骨的玫瑰

因為我知道我已經忘掉許多
所以我從來就不想知道
你為何這樣:我們的良知從來都不容許
我們無猜

四、致尾生

自己的等待被後人記錄下來
是多麼地博物館和展覽會啊
況且是以寓言，況且逼真到
不知道自己是不是
真有其人

自己的手指被手指掰開來
是多麼橋柱上的一朵印痕啊
況且等的是誰，況且不知道
等的究竟是不是
一場水──

必須植根在死亡上嗎？
必須緊得像擁抱、宕得像
水退後的靜嗎？必須強調
沒來嗎──

「你沒來，為何還把我記錄下來？」

五、致莊子

在你和蝶之間是蜜——
所以你的夢是我屍骨般的玫瑰

在你和魚之間是唇和唇的運動
在惠施唇和你的唇之間
沒鰓人在水中被水征服

（而愛情的殘暴就在於
肺人渴了
把水喝掉，就是）

在你和《莊子》之間是你和《莊子》
這距離是自然的距離
「想要解除距離」是多麼美的夢啊

而夢也是自然——說來說去
我都害怕說下去了：
自然真是一朵殘暴的玫瑰……

六、致里爾克

站在綠原的莽莽譯文上眺望
這一片吸血的玫瑰田，把你的血
都吸成純白的
疾病——剪了枝，截了刺
所謂純粹的矛盾，就是當你發現
你能完整的說出自己

我不能說我認識你，你的德語
像陌生的鐵礦離我的醫院很遠
我們在醫治什麼呢，這些年來
外面還有新鮮的空氣，玫瑰味的風
使我們的藥物更加像防腐劑

身為男人，玫瑰就難免有鏽味
你如願地當上俄耳甫斯，重複回首的悲劇
可是馬利亞，重複是喜劇的重要手法啊
你濃郁地睡去，有沒有想過淡泊地醒來

七、致楚懷王

所謂冤孽就是：越在乎就越不放過，越折磨
就越恨、越讓愛人
離你要求越遠。他抱著你的車輪
故意讓你聽見玫瑰刺在輪上刮擦——他要你聽
要你盼望如一個端坐餐桌旁的丈夫

但你是王，一朵玫瑰的馥鬱怎能淹過你
狩獵榮譽的汗味？你弓要箭
他遞上枝梗，你碗要鹿
他端來用嫉妒者唾液醃漬過的花瓣
你不需要玫瑰折腰，但你不能忍受

玫瑰要把你擁在懷裏——野草有什麼不好？
它們在庭院，比地毯柔順，雖然它們
在荒野遮斷回家路時，使落日更清楚地看見
昨日傷疤已經預先流下今日血淚

八、致波赫斯

「連鏡子也是自然」──對瞎子來說
沒有比在平滑鏡面摸到表情輪廓
更恐怖了──關掉肉眼，開心眼
香風、晨露、喧鬧的蜂翼和瓶中蜜
難道沒有一種感官可以棄絕視覺？

可一朵玫瑰又何必棄絕色澤？
思考棄絕語言，倒影棄絕臉，所有殘暴都是
因為不信任本體而畏懼複製品：
兒子畏懼父親，蟾蜍畏懼月
我們都在鏡中，照見一面鏡

所以我連根拔起的玫瑰啊，你即使化作
一朵迎著春風剪弄尾巴的老虎
你還是玫瑰：虎和花有相同位格
這就是你拍照留念的原因

九、致郭芙

你是作者心中的玫瑰，婚後還含苞待放——
你剪玫瑰刺般斬下愛人手臂，在你
一切都是遊戲，只要沒有輸，都是可抵消的
過去：生命太甜美，彷彿不曾真實

所以那些功夫有什麼了不起？在你
一切本是完美：痛是可以不痛的
愛是跨下坐騎
楊過應該像盆栽，經過修剪
像耶律齊那樣，整齊，安全——

當你終於夢醒如花盆出現裂痕
一個朝代也迸裂殆盡：
萬物滋長萬物逝去，唯有你是作者心中
長存的福氣，錯誤在改寫和閱讀中重複
卻依舊和你無關

十、致玫瑰

我提了你那麼多次，有哪一次
提到你？玫瑰可以和蜜蜂相互需要
只有人心，人心總是自然地
壟斷一切關係──
讓玫瑰作為味道和顏色，「純粹地」死
讓蜜蜂作為勞工和比喻，「純粹地」活

詩人啊，讓玫瑰成為玫瑰是枉然的
因為玫瑰作為玫瑰，根本不用你說
而語言是關係的吸管，這邊插入
那邊插入，到處吸取
像一面會吃的鏡子把形象吃下──
我曾經擔心我把你吃了，就像擔心
我的十四行把我吃成
十四行形狀……

2011/1/19-23初稿
2011/10/11刊於《南洋文藝》

菊

一、士兵，暹羅，柬埔寨

戰事重新啟動，新血流入無底
領土、貨幣，人口塞滿經濟
他用槍炮疏通，像筷子夾豬紅
他用士兵清洗
空氣泛起菊花腥

戰事重新，心不停血不停
貿易、行旅，街道繁華太膩
他得降低膽固醇：
一杯菊花，飲進國家血管

國家的孩子啊，你得設法上進下出
透過水的形態，你是熬煉過的
融進血是你的功用，融進死也是
流過世界的膀胱你得撤棄個體
融進茶裏，繼續存在

二、佳薇，超級星光大道，
   馬來西亞

整個喜慶的過程竟像哀歌：
四分之一的國家把你迎回
我們要用多少歌聲
贏得整個故鄉歡迎？

我不願用感動的淚水供養盛開
我不願用一生看重後凋之盛事
即使人的心願總是開合如剪
我願你嗓子未剪──
蜂鳥繞頸，嚶嚶圍巾
蝶蠅撲翼，摺扇無音

如果故鄉不小心把你剪入花瓶
請你記得愛的花開不只花瓣
地球覆有四分之三的海面，也不用怎麼辦
頂尖靈感，來自凋零融冰

三、埃及

木乃伊像一朵枯菊那樣，斷了頭
躁動的人民會像尼羅河那樣
肥了地土嗎？總統如果擺入博物館
應該放在什麼位置？

不朽和復活同樣難以預期
沙塵和黃金同樣不能下肚
香薰的軀殼塞滿掏空的記憶
歷史再大也大不過白米一粒

一朵朵枯菊吸納過多少血淚
一聲聲咆哮換得回多少時間
斯芬克斯的表情快被吹掉了
金字塔的根基依舊以你墊底

讓那些石塊翻轉向上化作新菊吧
這麼碩大的石菊你可別站在下面

四、淵明

你辭職的時候是否和我一樣
怔怔，不敢正視塊壘的蕪荒
我們都自認有華麗一面，你看：
桃花源源，籬下凋瓣

你採菊的時候能否感到它們
痛得像斷足羈鳥，飛向南山？

你寫桃花，是否為了遮心洞
寫洞，是否為體內池塘
找缺口？

很多願望明明可以肯定地描述
卻用每一枚凋瓣隱喻每一棵樹
每一枚瓣上斑點，隱喻淚舟

你想回去的時候，什麼麻醉劑有效？
我不再戀酒，心醉有時，無意姓桃

五、孫臏和龐涓

沒想到，友情竟然也是兵法
就像一朵菊花沒想到
會被擺進理想的花瓶
且被剪斷許多，又凋落許多

是寓情於法還是寓法於情
你在萬箭穿心時已來不及演算
一把火光可照見死期，為何
一生榮耀不能抵消過去的屈辱

箭吸血而盛開，茫茫菊田
被削去的膝蓋被擱在哪裏下跪呢
臉上黥字，抹不去的深刻，如假造情信

誰不想擁有預知的能力？
只是沒想到，菊花被用來悼念
是因為它無知卻能持久

六、龐德

你還在天花亂墜嗎，可憐的法西斯
我不能可憐你，因為我知道你的龐大
使你的饑餓也隨之龐大

學識的萬花筒給你看到花的幻覺
你不知道你的花言巧語割碎了你
正巧，你給我的繁複破碎印象
可以和我的菊花主題湊在一起

你的意象詩枯瘦，像老鷹啄下的羽毛
那樣高海拔，從地面看上去
你的羽翼旋轉如兩枚菊瓣
或戰鬥機的螺旋槳

你不知道你割碎了人性——
要從萬花筒看見真花，孔子說（這當然是謊話）
就像蛇要吞下大象那麼難啊

七、孔明

過勞死的菊，你的鞠躬是閃亮的折腰
耗盡一生打一場必敗的長征
你的算術和你瓣數一樣繁複：
贏一場輸

先主用你占卜：摘一瓣「愛我」摘一瓣「不愛」
你們真的相信天命？信
不等同知，知不等同行
政治和愛情原是兩道不等式命題
兩者合一，乃有臨終托孤的演繹

後主溫馴縱慾，夢想環伺如狼，七擒七縱
也補不了國家圈牢。爾愛其羊？
隕了五虎，再滅七星，八陣圖，綸巾羽扇
小說家盡瘁給你逐瓣添上名目
生命儘管凋盡，無損開過的圓渾

八、柳三變

有井水處就有你的新詞
像菊花，供養在生命的墳前
閱讀的水桶落井
打起淚聲，浣紗啜飲
灑落的，就當灌溉

用凋落的花瓣給花灌溉
就是歷史給詩人的打賞
他們爭先恐後鄙視，以免承認
你的臉色是他們的鏡子

因為妓女看慣臉色也被逼用臉色
因為市井的心事實在如井中倒影
所以你們照見彼此沒有羞恥
羞恥是怕醉的蝴蝶，染指而不敢久棲
繞圈如吐絲，說要從花瓣印證身世的漣漪

九、菊

清明過了，重陽會來
除了春生，你還得應酬秋殺
你被各種象徵和儀式邀請
何等歡喜偷閒且脫去禮
偶爾讓你更加像你

偶爾讓你更加像你
但穿起禮也不會讓你不像
是你就是你其他暫且淡忘
太過像了反而擔心是不是
是你就是你，我也順便變回我

嗅得到和看得到的
襯上嗡嗡也就聽得到
有傷有恐我同你痛
握在手裏是因為淚在瓶裏

2011/2/8-10初稿
2011/5/31刊於《南洋文藝》

野地的花·29

葵

——葵者,虧也,愧也。身為人而欲無敵者,皆落寞如葵,
　蓋其向日之亢奮特性,實有如希臘神話人物ICARUS者。

一、梵高──兼致海子

整個現代在你畫中迷航
因為你讓固定的星座聽見
星體顫抖,光年捲縮成斷裂的耳渦
絞碎所有的看──啊,什麼流出來?
你不看了,你用聲音血
厚厚塗抹。在阿爾,整個現代
在你耳中

迷航:你的耳是慾望洋上孤舟,破了洞
乃有水漏,透露無邊無底的奧──
啊,無邊無底使人瞎
慾望思潮中,你不再看

如何那些畫家一波一波把自己寫實成花
你聽瓶，聽空，捧起花的痛
插入截肢之枝，生命開始
捲成靈魂的煙斗：

畫花的肢體，把根留在土地
灰藍土豆，是窮人削皮氧化之肉
彎曲木床，燒掉透視和比例
開一口小窗，讓猛烈的烏鴉象徵呼吸
光是旋轉的，愛呢？愛可以像螺絲起子
鎖緊嗎？為何逆我而去，你們所有形體
為何越來越鬆脫——那些厚厚顏料豈是顏色
是要你摸啊……

你像點煙斗那樣用槍點燃自己
用顏色絞碎視覺（聲音原是無形的織布機）
好像用碎紙機來織布——
當日本大軍用夢點燃文明
我突然明白你畫中的禪意：
你們不看，不是不想，只是生命太過燦爛
色即吶喊——啊，日升如旗
啊，此生有葵……

2011/2/16初稿
2011/6/5刊於《文藝春秋》

二、東方不敗

你必定深知失敗的滋味
因為名字是嚮往
也是訣別──你揮刀
還是揮剪？手中針線像男女：
以為是剛強牽引，繡成感情圖案
結果柔弱對看，依舊兩個世界

從一個世界前往另一個
你竟卡在第三世界──做針
也做線，整套纏綿一個人演
前半生立法規定別人如何看
後半生穿裙把替身當真身疼
做針做線？你被自己一剪

整個故事沒有了下面，剩下
全然空洞的等待──任我行也罷
令狐沖也好，他們的境界終究各持一端

改變不了：你不敗，你何嘗勝過？
盈盈和蓮弟，也甜不過美不過
鏡中凋瓣：你知道完滿，自從你成為
完整的缺陷……

2011/2/17初稿
2011/6/5刊於《文藝春秋》

三、貝多芬

有人聽畫，有人揍*樂
人來人往如音符穿插，說和不說
都是場場默劇——
摸得透，卻彈不完
一架黑白失序的鋼琴

在感情的鋼琴上，你只能依據震動
鋸掉琴腳，讓死水失衡如酒瓶傾倒
不聽之後，聽力竟然得以出境
入境，順手捉起月光的分貝起舞——

* 傳說貝多芬失去聽力，須大力彈奏琴鍵來感受震動，猶如「揍」樂。

原來沉默是一本國際護照，上天下地
使你的花粉暴動如籠裏失常的雞犬
倉皇預告命運排山倒海

有了護照，貧窮依舊買不起愛的船票
但一個聾子難道還憑耳朵打出聲音的疆土？
你知道帝王更迭只是撲克洗牌
打來打去也就一年四季——
等等等等！有人說你是第五！但你是牌面以外
一朵叩門的落花，不為進去
只像羞赧情人，以粗啞的咳嗽邀請：
「來吧歡欣走出所羅門的劇院，
看上帝的野花開滿我的田園。」

2011/2/17初稿
2011/6/5刊於《文藝春秋》

四、孟子

你站在文明的版圖如站在巨人肩上，
根鬚悄悄延伸至國家的角落，
母親多次移植，讓你遠離齷齪的庖廚和死，

純淨的愛得以向光明招展——
你不是沒有敵人，只是連敵人也願意讓步，
為了你的葵是明日葵，
在今日怒放——無敵了，也就無朋了。

你站在文明的版圖上，最純淨的愛，
被齷齪的庖廚和死養活，在亂世的土壤，
埋下一顆理想國，讓整個中國
用萬人的血和百年的悔恨灌溉，
盛開、凋萎，一個百年，又一個百年，
死去，活來，整個中國屹立至今，
彷彿一個抽象巨人，捨了生，就能得義麼——
小心翼翼如履薄冰，總是彷彿差一點實現，
但無敵的時刻，不也是無朋的時刻，
沒落的時刻？

最純淨的愛，在最齷齪的土壤開，你瞭解，
但寧可選擇，你看透，但從不認同：
「好吧我承認你舌頭魁梧，總能塞滿對方的口。」
但顧左右、支吾言他，並不等於認錯服輸啊，
當王與軍商像猶豫不決的求婚對象，
問你繳械的理由，安全和米飯，

你能給的除了夢、舌、轉頭離去的浩大脾氣，
還有什麼花樣？

2011/2/22初稿

五、麥可

剝下灼傷的瓣，發痛假音，
亮得像一雙飛鞋——
你以倒退的漫步登月，
倒退沒有讓你回到童年，
四十五度傾斜，
也糾正不了傾斜的世界：
拒絕跌倒的傾斜，渴望依靠的傾斜，
彷彿一格故障的鏡頭，反覆播映。

被鏡子灼傷的鏡中男人，
你從白色的世界升起，又以白色凋落，
奔月似的，把根栽入漆黑舞臺，
假音發光，陽具發光，空氣稀薄，
唯有目光和尖叫把你擁抱——
擁抱！哪怕只是聲光，正是你要的土，

一頭栽入，怒放龐大的封號：
你是彼得你是潘，你是得人如魚的羊腿人；
你是普普你是王，你是無法圓謊的小木偶；
鼻子掉落時，就是你凋落、
成人時——這個世界就是無法，
給你的空洞補上
真實的鼻子啊⋯⋯

剝剩蒼白泛紅的肌膚，
你還是一株向月的黑葵，
吸光，也發光，使盼望和絕望凝結，
讓二十世紀末的空氣果凍，
佈滿你血絲的旋律，
讓鉅資的樂園還原成無法償還的債，
讓脹氣的媒體和經紀側身打一口嗝，
讓粉絲低頭一個晚上——
讓那些公案繼續分化你的屍體吧！
麥可，抬頭活著的美何其有限，
一朵花總得在垂首時，
看看地土的真實。

2011/2/24初稿

棘

一、卡達菲

當他堅持捍衛他的家國，
彷彿事物捍衛本質、本質捍衛定義，
借著燒芭者的火勢散播詭辯的硝煙，
一群捍衛者遂出現，為了呼吸，
把家國讓位給他，
彷彿定義讓給本質、本質給事物──
所有家家酒都是想像和契約的聯結，
唯有堅持能夠勝過一切勝利。

唯有堅持能夠勝過一切勝利，
讓意志伸展全地，把不同的手握成同一
隻手，捍衛家國像荊棘捍衛圈中鮮花：
血是為你流，身是為你燒，你的死，
也是我為你死的──
一群捍衛者遂出現，像火圈中的鮮花，

以窒息的狠勁向上發射炮彈的花粉——
你瞧，夜空掛滿花粉垂落的虹。

利比亞的夜空掛滿垂落的虹，
那是荊棘中的希望，那是簽給死的合同，
下一代的花粉會開在何處？
團結的刺青，共同的困境，
一條錯綜的血路像纏在脖子的頭巾，
看不到荊棘的根，看不到立約者的頭——
他的臉堅持被頭巾蒙住，
彷彿那是一張契約，讓鮮花為了呼吸，

同意承包他的窒息。

2011/3/21初稿

二、黑心食品商

這是給腸胃特別打造的
針毯釘床嗎？謝謝你。
食物鏈和行銷圖都畫好了？
能夠讓你攀離貧瘠土壤，

抵達極樂高原？
有沒有少算一個親戚朋友，
你的孩子會在生日派對中，
收到你大禮嗎？

謝謝你替我們著想，關心我們的修行，
寧可獨睡沉淪，不願一人失喪。
我們身在痛苦和疑懼，
時時想念你的好處。

這是油，這是血，
這是被你省下的能源，
難為你為世界上色，添味，
甚至協助
解決人口問題——
那些花草，除了濫吸養分，
只會假造美和祭祀，
不像荊棘，在戰事中，
能起保衛功用——
化身荊棘面對經濟，
一人一命你算最投入。

社會的匍匐者啊，你的攀沿
何時才能脫離你的寂寞？
你不欲人知，暗中派送針毯釘床，
莫非想以形補形，
讓世界也瘦成苦行的荊棘——
塑造一個大同族類，
以便安心睡在上面？

2011/3/21初稿

三、核電廠

也許，你的心是柔軟如水母，
單純漂向夢中能源，像小孩，
偷兩個零錢，買一朵棉花糖，
入口即化
作輻射。

哆啦A夢的國度，多夢的夢工廠，
你曾為世界的孩子輸出最美的夢，
汽車、電器、源源不絕的玩具，
讓幾個世代迷醉成文明的反應堆，

受傷後的彬彬禮儀，也讓人暫時
不忍深究過往的歹事，
可是，核心在於棉花糖般的水母
終究是水母啊──海嘯浸醒它們，
使它們失調，冒煙，伸出疼痛的觸角──
夢醒的痛，手足受殘的痛，
這次不是外人往偷竊的頭上敲起蕈狀雲，
這次許多外人來摸頭疼惜──沒有外人了，
也許只因為在地球這小村，
沒有人有地方，置身事外？

兩個零錢有什麼大不了，可是，
核心不在零錢！
沒想到柔軟的夢想破碎，
觸角會突然剛硬，
彷彿一萬根鞭打死囚的荊條，
高舉空中，對正世界孩子的夢：
長不大的夢，勞作改正的夢，
償還的夢，
等待原諒的夢……

2011/3/21初稿

四、聯軍襲擊利比亞

要用多少荊棘才圍得牢這片盛產黑羊的沃土？
要用多少導彈教導黑羊勿在沃土搗蛋？
要用多少國家認同沃土是公有不是私有？
要用多低的傷亡證明這是一場仁愛的征戰？

伸出帶刺的手掌愛撫，
伸出帶刺的舌頭安慰，
伸出帶刺的火炬通宵照明，
伸出催眠曲為長眠者催眠。

我看見黑羊漫天飛翔，我看見牧童在羊身上，
回家時可會掛念工作，工作時可會掛念家人？

甚願你施放的導彈化作肥料，
從高空俯瞰，點滴血跡也只是羊糞
便秘時的輕傷⋯⋯

2011/3/22初稿

椒

一、伯・拉

您因為不夠辣而飽受食客的譏嘲，
他們不知道，您如何置身民主的菜餚，
扮演吊味的配角，從摸黑的燈籠，
被風聲吹瘀，成為蒼白的椒。

不是每一條椒都能夠勝任軟腳，
讓自己難堪，黯淡，引發味覺海嘯，
嗜辣的食客洋洋自得地征服您，僅僅隔了一餐，
就再次嘗到拿命、傷胃、以辣椒為主菜的辣椒。

在關鍵的時刻喪妻、再娶、宣佈選舉，
誰能摸透您的道德準則？加速整片反對的土地發酵，
為這一度縱慾傷身的國家，添入腐朽濃烈的伯拉煎[*]，
哪一個退位者能夠那麼歡喜地面對逼宮？

---

[*] 伯拉煎，Belacan 的音譯。

雞犬不寧和雞犬相聞都發生在同一個鍋裏，
像我這樣的愚民，只能暗暗回味您的沖虛。

2011/4/8初稿
2011/6/5刊於《文藝春秋》

二、敦・馬

我是吃您的果實長大的。從小，
父親就逼我學習吃辣，多少國情文化，
和著辣椒往下吞，長大後，
倒也免去不會吃辣之恥，
甚至辣出癮來，引以為榮，
儘管汗落依舊如雨，
如一場劇烈的內部運動。

我是坐您的車子長大的。十年如一日，
經歷過日據的父親，
安於擁有一輛可以開往投注站的車子，
他似乎贊成向東學習，
但希望我進入本國學府，
同樣老實，同樣好逸惡勞，

1 野地的花・
45

使我們父子遠離蓬勃的都市，
儘管國家的橋有多長，塔多高。

我沒有讓父親滿意放心，
儘管好的壞的，都遺傳學了不少。
他教我吃辣、寫字、說笑，面對內心煎熬，
總像烹煮一鍋爛熟的燉馬鈴薯肉，
我沒有恨他，沒有恨一條
用保護主義來愛孩子的辣椒。

2011/4/8初稿
2011/6/5刊於《文藝春秋》

三、華‧先生

在當紅的日子被吊起來風乾，
有時候，菜色要的不是新鮮；
去掉青澀的辛，萃取老練的麻，
隔著烈火在鍋中熬，
瘦是瘦了許多，味道舉足輕重，
也從不必擔心本身會被吃掉；
十年，形體熬出沸騰的汁液，

被攪動的勺子舀起，滴入國家的眼睛——
黑眼掛在檔案照片，白色青光眼掛在黨旗，
讓全國的大眼小眼，蒙受三級的進化：
肉眼、屁眼、電眼；
讓舔新聞的舌頭嘗遍公正的三個境界：
麻辣、麻痺、麻木；
您究竟是誰？滲透整鍋菜，
連象徵時間的手錶也套不牢手腕，
透過您受的煎熬，這個國家的品味改變，
透過您，能讓每個公民獲得清潔的
新床褥嗎？

2011/4/27初稿
2011/6/5刊於《文藝春秋》

四、行動・黨

在那一天到來之前，
我也終於害羞地踏出那一步，
進入分部的總部申訴：請您幫忙，
設法挪去路旁樹上的斷枝，
免得路人受到墮落的傷害。

我知道根本的責任不在您，
我只是想知道，這條火紅如箭的辣椒，
是不是和它的外形一樣，
能夠以迅速的行動，辣入國家的心裏。
放下原子筆，留下個人資料，
一天，兩天，小小夢想什麼時候能夠實現？
我像一個單相思的傻子，默默地，
苛刻地要求您的效率，
雖然我早有準備——一種失望的準備。
好情人不會把情人的申訴當成辦公廳的申訴，
好政府不會把人命當成選票的數目，
這兩天的下午恰好都有大風雨，
高高懸掛的斷枝也不知還能懸掛多久，
三天了，我帶著盼望如帶著小孩經過同樣的路，
抬頭仰望，垂首繞道，
如果您也讀過一日三秋的典故，
就可以明白我內心的怨懟和諒解。
我知道責任根本不在您，
也知道更直接了當的解決方法，
我只是存心無理取鬧，想讓自己看重您，
我只是更想知道，這條火紅如煙囪的辣椒，

如果擺在國家的灶臺上，

性能和走形胸罩般的天平有什麼不同。

＊事隔一周，長逾六尺的斷枝終於在2011年5月3日被風雨刮

落，零散在斜坡，彷彿完美的省略號。

2011/4/28初稿

2011/6/5刊於《文藝春秋》

2

噓

著書多，沒有窮盡；讀書多，身體
疲倦。

《傳道書》12：12

推演

那人對石頭吹了一口氣，說：言。

那石頭發出爆裂之聲：我！

那個我撫摸自己，覺得它的筆劃有點像：愛？

那個愛蜷縮成我的中間：心。

那個心在我中間亂跳：汝……

那個汝跳了出來：惡！

那個惡把心吃掉：亞！

那個亞開始分娩韻母。

韻母們圍繞石頭，像圍繞火。

那火吞吐舌頭，彷彿怕滅。

那滅來了！對火吹了口氣：乎。

那火收起翅膀，發現自己是一個：人。

2006/12/9初稿

2007/1/13刊於《南洋文藝》

翻閱

潮退以後
事物顯露：
生命攀附──非生命
排列出莫名的感觸

有沒有可能
喚醒十棵樹
有沒有必要
不說十種樹名

書簽掉在沙灘
你在翻閱什麼
書頁嘩嘩
好像潮漲

2007/1/20初稿
2007/3/10刊於《南洋文藝》

纖維

甘蔗的纖維
曾經是泥中精華
顯形矗立

讓泥承受我們
像我們嚼過的
語言：

經歷了
美
還活著

天邊指甲：
地上葉子
像千萬枚月

剩下的年歲
越來越像大地的手

枯指天空

因為月是石頭
月光才得以纖細
如甘蔗的纖維

讓飲月的舌
嚼到
思的纖維——

我的痛啊是風
吹動欲靜之樹
經過自己的身體

我的癡啊是魚
棲在樹上
以風為水

我的苦啊是你
因我在嚼泥
而你是纖維

2006/10/16初稿
2007/1/20刊於《南洋文藝》

二分二十七秒，
或更多更少

一朵雲在我停止哼唱的一霎

下起雨來。它與歌聲相關，與歌

相關，或是僅僅，巧合？

我哼的是：敲、敲、敲啊敲

天堂的門——巨大暗黑的雲

籠罩著一代人

又一代人，使他們舉手

敲門。如果門開了，可以走出門外

呼吸風雨洗滌過的空氣——

一朵雲和它的雨，使歌與歌聲

繁殖歧義——門開了，雨可能未停，那也可以

淋濕破碎的身心，使它們像粘土

砌成屋子。是的，世界是一棟屋子。人在裡面

口吐沙塵，修辭造句，糅合血汗堆砌，然後住進

一棟掏空水和空氣的屋子。把心吹燒成玻璃

更可以觀察沙漏。記載，窒息，敲門——
如此推敲，簡單的處境都碎了，萬花筒般照到——
死去的人是橫躺的沙漏
緬懷的人鑽沙漏的懷抱如小孩鑽人，哇哇哇
鑽碎玻璃。血沙，記載，窒息，敲門——
我為這場雨感動，其實是為我唱出的傷感感動
（我笑笑，誰的傷感啊）
我呆想讓雨和我的處境相關，天熱
下久一點吧。我開窗（差一點去開門），看到
一朵雲，二分二十七秒，或更多更少
像一把笑聲輕輕來了又去

2005/5初稿
2006/3/1刊於《香港文學》

噓———

噓——不是要你安靜

或解開拉鏈，或擁抱幸福

一顆子彈在速度裡頭沉睡

——噓，不是要你

頓悟。夢的另一面

不見得

是頓悟。一顆子彈在抵達以前

前端冒芽，尾部開花

噓——不是要你爆炸

拋棄語言，追求目標

像迷路的父母

把孩子留在一個流動的原地

等，或者被閱讀

成為超級市場

一則尋人啟事

裡面的幾個字詞，一顆子彈

在變成飛行的泥土以後

又化作蛋殼——噓，也不是要你

崩潰啦。站在老人的立場，想當然
長大只是一種無聊的變化
可你不是蛋殼，你不是花
你不是任何一種形式上的蛋
你不會被打開，一直到
噓——不是要你做些甚麼
一些聲音，我們只是
常常被它嚇到——噓
誰在隔壁家的廁所
門板來回呻吟，久久未放脫
充滿玄學詩味的夜尿

2005/5初稿
2006/3/1刊於《香港文學》

3

夏雪

夏天落雪，收割時下雨，都不相宜。

《箴言》26：1

冷氣室內

冷氣室外，樂隊正在步操
四點多陽光
發出大鼓的跫音

明天又要送殯了
我乃思考花生、礦泉水
鞠躬、等候、以及每一天
都發生的事

覺得笑和淚都不必計算
覺得冷氣和環保
就像心和睡意：

「你會原諒我嗎？」
如果天氣會說話：
「如果半夜四點多
再次緊緊，把你熱醒？」

2009/5/26刊於《南洋文藝》

姿態

——2008/5，汶川地震

他們保持著當時的姿態
如果沒有人來更動
他們會繼續保持
下去，比照片立體，比兵馬俑多了絲絲
流逝的屎、尿、靈魂……

通過姿態你可以猜猜，當時
我在做什麼？握筆的手
也許正在描寫未來，如今
已經把自己交給未來
去描寫……

你可以輕易猜到：我絕對不願意讓洗澡的姿態
公諸於世的，記者先生小姐觀眾們
如果你們把我的姿態像芥菜種子那樣繼續深埋
在底片或記憶中，我會更加感激你們的……

不要看我！快點去改變
那些還可以改變的姿態
不要哭我！我可以喝尿
卻不能喝你遠方的淚水——在亂葬坑中
也不要憐我！只要
瘟疫必須避免
生命必須留存
你的愛要用來改變
那些還可以改變的
姿態……

我們保持著當時的姿態
如果沒有人來更動
我們會繼續保持
下去，比照片立體，比兵馬俑多了絲絲
捐款、眼淚、口水……

2008/5/21初稿

2008/6/3刊於《南洋文藝》

膚色

因為膚色可以安慰眼睛
語言可以安慰耳朵
他們以磨礪過的聲帶
剝下沉默的皮毛
披上
語言的膚色

多少沉默的時刻
你聽到自己的脈搏
看到一群又一群
人用各自的鄉音切切追索一層外在的一致
血色的溫暖──一層一看到
就有傷口的
語言的膚色

（正是鄉音
放逐了你，使你有了鄉
音）

他們需要膚色

因為他們害怕透明

因為時間是流個不停的

透明的血——他們需要語言

因為他們需要輸送時間

讓透明的源流不停

證明自己還未失去

血色的溫暖

沉默！他們需要

你，因為你的血

是透明的

源流，可以讓他們繼續流淌

繼續追索

一層內外的一致：

語言的膚色

2008/10/1初稿

至今仍然

——悼明福

至今仍然有人抱著投石的詩意
把豬頭投入話題中心
讓新起漣漪
蕩開去

石頭的心事如何抗拒愛恨的化驗？
沉底的伊啊
是否仍在滔滔黑水
抱柱守候

至今仍然有人
把心當頭（頭、頭啊）
為了潔淨
投出去……

2010初稿
2010/07/25刊於《文藝春秋》

震央側記

——2011年日本地震與核災有感

一、東京以外的臉書

雨水落在池塘：每一滴都是震央
密切交集
漣漪的餘生

雨水落在臉書：我們彼此按讚
像為對方撐傘
轉載分享，如共用一條手帕
真的假的？不是擦拭的對象
一面動怒，一面堅守
因為線路越慢
相聚就越久……

你在你的震央，我在我
我們的傘是擋不住雨的漣漪
擋雨，也不是雨滴撐傘的目的

雨水落在東京
和遠方的心，每一滴
都是震央

二、生命以外的生命

輻射入體，血液沸騰
這一生算是透明的
燒酒了！

澆在文明的傷
不灌進貪婪的喉
比起敢死的醉，這一樽
是敢活的醇

用生命為生命以外的生命消毒
趕在酸雨之前

為生命下一場
生命雨

比起割喉的股市
比起三年五年一杯的政策
這一樽
不能用喉嚨喝

三、愛以外

除了謊言臭得像沾了糞便的內褲
你還可聽見嘲笑像蚊子
停在失措者的身體，滿足地啜吸

除了道歉重得像黑店找回的零錢
你還可聽見民心像螞蟻
抬起大象般驚叫的家園

除了新聞澀得像隔天過期的麵包
你還可聽見歷史像腐乳
搽在麵包上，泛起人性的泡沫

除了愛像自來水並非真的自來
你還可以聽見怨念在水龍頭
因為橡皮乾癟而扭出的痛

2011/3/19-20初稿
2011/3/22刊於《南洋文藝》
2011/3/29刊於《南洋文藝》

夏雪：辭職信的
冰山一角

異鄉的夏雪下在我國的報紙頭條
上，同時降下的，還有洪水和林火
在我辭職賦閒的這段期間，我就好像最近的氣象
不斷被問起辭職的原因
和今後的去向——你也許不是不知
只是借著詢問來肯定——是的，我也愛你
也需要你——然而有多愛，多需要？你也許也知
我們都在改變，只是我的改變（很規律地）
不在規律中

你也許不是不知，只是借著詢問
來肯定——冒險和犯錯的差別何其朦朧
夏天的雪像情敵從地球的上半身下著下著
就偷襲了下半身（這是可以的嗎？靈和肉
可以把情人一分為二？）破壞了

某種和諧的規律
為何有這樣的轉變？
為何不？你也許也知
我是詩人（如果這也是
規律）又何必問我為何不
使用規律的語法？

我們都在改變，這是規律，不變的
就像我們透支的文明收到天災的帳單
就像我們預支的幸福本是延遲的禍害
我們愛，但我們不能否定
愛和愛以外的改變。我的辭職
也許是我生命夏天下的一場雪，但
也許只是異鄉的夏雪下在我國的報紙頭條──
下在我國土地的，當然不止我國的報紙
下在我生命土地的，叫我怎麼好意思
按照規律回答你？

2011/1/19初稿
2011/3/1刊於《香港文學》

4

押

若是瞎子領瞎子,兩個人都要掉在
坑裡。

《馬太福音》15:14

短歌

透明的煤油
生出煙與燈火
一場雨正堅持
回到氾濫的故居

家和我
像樹和泥
形成遊子
站著睡的原因

看看路，我看看遠山
開採一首歌
要多少時間
領會此前的圓滿

當電充足，燈芯可以留在盞中
當雨堅持，我也想試試
吟詠自己的位置

2006/12/20初稿
2007/1/16刊於《南洋文藝》

停雲

雨像錢幣嘩啦啦灑光以後

太陽就比債主猛烈

遮遮掩掩來到這裡

我願意停滯如一片慳吝的雲

把世界放在一張破傘底下

小休的蒲公英，不需支撐

比乞丐自由，比小偷正當

如果沒有一間銀行不是監牢

伸手討飯有必要這樣

充滿怨氣嗎？夜晚不會讓你等待太久

除了它，還有我，這個世界上

我們是命定在彼此身旁

週轉。或長或短，或遠或近

在烈日底下，總有一些原因

值得我們

去描述光明

2005/6/14初稿

刊於《秋螢詩刊復活號》第27期

路線

「遠離斑馬線是危險的
而且雜亂。」我聞言，停駐
在時間的路口回望，快下班了
你還在逐漸上漲的潮水中
反其道而行，緩緩
說要完美地重新來過

你說你要走出一道遼闊的斑馬線
非洲常青的草原
旱季與車輛馴服在你獅子的吼聲下
眾生被允許隨意和戀人散步

烏雲若有若無地顫了一顫
我知道王國已經誕生，如光閃耀
自你善於命名的口中。我說真好啊
我也想走走這道遼闊的斑馬線
但快下班了，擁擠的高峰即將掩至
在這又一個假釋的禮拜五

我著急地伸手招呼
你笑我怎麼那麼肯定，肯定自己所走的
就是回家的方向？

我的腳底頓時沒有了路線，眼前沒有燈
我說向來都如此走啊，往後不是麼
冷汗自額頭掉落半空，將你放大
我看到你閉起眼睛，緩緩
從斑馬線上浮了起來

2002初稿
刊於《文藝春秋》

致——

——2006年，學生得知我出書，笑說要我寫一部《三年二班》。

我的眼睛看到其中一些，看不到另外一些
你們。視角總是不全面，即使無意
忽略。我曾經不被看見，我知道什麼
是被忽略的感覺。所以笑的時候，我總是努力
打開我那錢包一樣寒酸的善意——
情分也許就像水果，可摘的就摘吧
不可摘而摘了？有些可以醃漬
有些你就只能想像它頹喪地回歸土地如淚滴落日記
有些掉落了好些日子，我們誰也沒有發覺
有些則可能讓我們挨上偷摘的罪名和棍子

我如果要寫你們，要寫到一些你們
也寫到另外一些你們——全面的觀察
真不容易（或許該變成流浪的蛔蟲
從這條腸到那條，壞壞地鑽研

引你們病、痛、並且自我

治療？漫長的過程需要時間

而時間是靜伏在記憶裏的蛔蟲

在你狼吞虎嚥的時候吃掉你的許多

枝葉、細節、屎、尿、痰

但這很噁心，你也未必要我這樣。）

所以笑的時候，我希望

距離也能構成一種親密：不輕易說出

可說出要算數——

我的眼睛看到其中一些，看不到另外一些

你們。如果要看到全面

我想，我們可以暫時閉上眼睛

2006/5/2初稿

2006/8/1刊於《南洋文藝》

摸象歌

大象如牆的肉身
帶我遠離這地方

肉身厚，肉牆高
長鼻摺疊作階梯
階梯軟，長鼻滑
噴嚏噴我上青天
青天混，噴嚏濁
西南風搧東北雲
停不住，下不來
命運似雨心似墨
墨不語，雨不說
枝節展延花密佈
花蕾甜，花枝苦
摘一節來送大象
大象逃，螞蟻跑
地震轟轟山林倒
山林哭，地呼叫

問我何不早歸去
天既高，地又遠
我心熱來我心輕
心熱還有冷卻時
心輕請喚象來壓

大象哪裡要理睬
一會兒遠離一會兒歸
知你何處是真心？

2002/4/2初稿
刊於《爝火》

撞牆曲

腐敗的牆繼續挺立
把冒出的野草拔掉

腐敗的人繼續堅強
把腐肉從地上貼回臉上

腐敗的鏡子碎了
請用其中一片刮淨我──

如果白
就是骨

我因為白骨腐敗而冒出有毒的骨氣
我用腐敗的白骨敲打我面前的牆
我以骨擊牆以牆為鼓。啊
這就是我的寫實主義
啊，這就是我還未腐敗的屍體──

活人撞牆？

當然會痛。

2005初稿

鸚鵡

他張開喉嚨
發現鸚鵡躲在肺部
啄食他的舌頭——啊
他的夢曾經是千鳥頡頏
果樹爭長的
熱帶雨林
但他的舌頭，他的舌頭
始終只有一根

他張開喉嚨，他曾經想像
沉默是語言的翅膀——啊
無身的鸚鵡揮動純粹的翅膀
飛進肺部，啄食
他的舌頭越來越重
像累積了一萬顆落日的地平線
飽含時間的澱粉

越來越像
一塊番薯了──他乃順便想像
沉默是根狀之翅（嘿根狀之翅
難道不是象徵年齡與妥協？）
他張開喉嚨，發現自己
怯懦的聲音⋯⋯

怎麼辦？為了保住番薯
他該趕走鸚鵡
呱？

2009/2/12初稿
2009/4/5刊於《文藝春秋》

松鼠

——兼致張依蘋

松鼠不見了——我在百葉窗的另一邊
瞥見它時，流行感冒正如暴風眼
使辦公室湧現請假的孩子潮——
（「孩子與病毒的象徵體系？」
正是這類難題，使我遲遲不敢
攀越學術之院牆
沐其雨風）——空調室的窗被浪潮沖開
讓病毒和吾等的心跳得以流出——
松鼠正是如此，自上午的香蕉樹幹流入我
偷閒呼吸的眼，竄上是風在樹梢
竄下是果汁酵味的垃圾槽，醺人醉意
像松鼠尾巴，在我鼻孔竄上竄下
使神經緊繃，如鼻涕
隨時噴發：多麼難測、簡潔的步法！松鼠
一時在樹蔭，一時曝光
動、停、消失、復現形
牠在覓食？急速地散步？牠知道

我在看牠？又在試用一枚

所謂詩意的鑰匙，開啟

靈魂變形之遊戲？細膩的深入的生動的

我是如此厭倦——開啟抽象的門

走進地圖，說：我抵達

地圖？——又不見了，松鼠

如此輕、易，幾乎談不上責任和關係

我見過牠，如此飽足，正如我見過

（用眼睛吃下，活生生的）

許多悲歡、遺憾

2009初稿

2009/10/20刊於《南洋文藝》

老人圍坐在麻雀*檯邊

老人圍坐在麻雀檯邊

影子皺皺如汗衫

吸滿時間的腳印

和味道，留給我們穿

他們的表情是脫漆的麻雀

拇指搓搓就知道格局

和應對，收起來打出去

結局難定但可以了然於心

面無表情還不是最深城府

談笑之間牙齒鬆動如算盤珠

萬事俱備仿彿只欠死是東風

籌碼來去如往事和情人

吃糊是夢，爆棚是短暫的末日狂歡

摸索了一生，誰可以和誰約定

---

* 「麻雀」，粵語，即「麻將」。

一起歡喜抽身？內方，外圓
老人圍坐在麻雀檯邊

伸手可及的外在
還有什麼好期待
孫輩換上一杯熱茶
痰盂，可吐痰

2005/9/13初稿
2006/8/15刊於《南洋文藝》

揥

一、揥蚤

半夜下樓，準備鎖門的我看到
院中哥哥背影（隔天，母親才告訴我
他是在）耐心蹲著
幫小狗揥蚤

真可惜！我們都沒有
把這份耐心
放在親情上（起初我還以為
他是在陪寂寞的小狗
玩耍呢）

我轉身上樓，像跳蚤
避開了一些想說的話，想做的事
和一些，想珍惜的人
（現在回想起來

時間啊）又像往常

躲進狗毛似的夜

熄燈睡覺（隔天，母親才告訴我

他是在……）

二、捫詩

不要再讓抑鬱的韻腳爬過最深的渴慕

吸乾夢想

留下癢和遺憾──不要再一個人

彩排獨角戲那樣

推演一些想說的話，想做的事

和一些，想珍惜的人──

走下舞臺時，也不要像

走進狗毛那樣，悶騷──不要

光說，不要讓生命的亮光

光只是說

三、摒心

不要再害羞
因為在愛的面前
害羞是可恥的

2008/12/28初稿
2009/2/22刊於《文藝春秋》

5

心漂

因為我在你面前是客旅，是寄居的，像我列祖一般。

《詩篇》39：12

淋過雨季的雨

——2008年11月，與高一德及高一體往林明與關丹，記遊如下

一、淋過雨季的雨

我們在凌晨的海邊唱歌、等待
但終於看不到
想像中的日出（一些孩子轉身
和簷下的雨玩耍）

我們開始擔心這是一趟冷落的旅程
開始學習：抵達目的地
不等於抵達
想像中的理想

淋過雨季的雨，孩子在巴士上說：
「老師，天時、地利都沒有了……」

我能說什麼？
「所以，你更要珍惜人和……」

所以，你可以做你做得到的事情：
捉摸不到日出，你可以捉摸
你的腳──跑吧！
在海灘起跑，胖的瘦的，褲腳拉得高高的
陽光

（我記得，整個旅程的色彩
就是從你們的敞開和奔放
重新明亮起來……）

二、海龜

保育館中的海龜
被照相機們
浸入數碼的福馬林

數百隻在盆中爬動的小海龜
是人類

試圖還給自然的
銅綠錢幣

活著的海龜們啊
活得像
活著的標本

三、草

人們把它的屍體水煮、染色、曬乾、解剖
使之產生
功用和美。在巧匠的編織下
變成草席、錢包、筆筒、帽子……
它會因它屍體的價值而欣慰嗎？
它知道人們曾經給它一個籠統的稱呼
叫草嗎？

四、鹹魚

知識會讓你昏睡
就像鹽巴會讓你
變成鹹魚？

也許，你會想起臭味與寒酸
（其實不便宜）
也許，人類最初的目的
只是克服腐爛與飢餓
卻發現：鹹魚可以讓一碗白粥
融化成一口
滿足的海洋

面對生活，我們總得有一部分
要像鹹魚——忍受知識的醃漬（常用的比喻：
在傷口撒鹽）因為青春就像新鮮的魚
轉眼就會腐爛；因為時光就像一碗白粥
為飢餓帶來一口
平淡的滿足

面對生活，我們總得有一部分
要像鹹魚（什麼時候完全變成鹹魚？
那是歷史的課題了：讓你的死
變成別人的糧食）

五、瀑布

瀑布並未因為你的到來
而變得純淨——
日復一日的淚
使它失去了
洗臉的意義

涉足滂沱與崔嵬
涉足沙土和石
涉足冰冷濁水
涉足它巨大、曲折的眼眶

瀑布並未因為你的到來
而變得純淨——也許純淨的意義
早已隨著某些事物的失去
而失去

六、隧道

隧道停用但據說還能
通往鎮的另一方。夜雨
使中午的石壁像棺材中的皮膚
將冷汗滴在訪客的頭、頸。即使還能
通往另一方，隧道
還是停用了（且不知要穿梭多久
多久的黑暗啊）停用的
隧道從此進進出出
都是一批批折道而返
因冷汗、陰風、積水和污泥而大呼小叫的
訪客

七、梯級

一個囚犯為何捆上鎖鏈？
一顆心為何有斧鑿的痕跡？
不要因為梯級
而小看山的高度

八、山

一旦登上去，那山
就從此矗立
在你心中

你若登上
你的心
看看那些雲海，那些光

那些我
和那些追憶

2008/11初稿
2009/3/31刊於《南洋文藝》

林明小詩

——2008年10月1-2日，與同事們共游，時為回教開齋節。

一、太陽若不昇起

太陽若不昇起
我要如何
伸手觸摸它

二、從霧中醒來

從霧中醒來，我為你高興
雖然在你醒來之前
我進入霧中

三、顏色

顏色，不外是
顏色——經過呼吸攪拌

你留下的沉默
凝結成顏色

四、雲海

但你的擁抱是如此寒冷
以致被你擁抱的小鎮
不忍揭發你隱忍在擁抱中的
河流

五、林明白貓

彷彿可以穿透
牆壁和路──我分不清
那是褪色的獵者
還是光的聚合

2008/10初稿

印象：巴株小住

——2009年6月，掛名領隊帶學生到巴株參加辯論賽。期間不務正業地私下到處走路，美其名曰：To walk, is to feel（to work as a poet）。2009年6月7日早上獨坐餐室，得詩如下，不無羞慚。

一、外勞

耐心地排隊把收入匯入家鄉以後

耐心地散佈在各個角落

等待星期六和星期天

變成星期一

二、早市

像太陽核心：把屍水匯入生命之河

把動物和植物打包成光束

匯入回家的路。回教堂在一側與餐室毗鄰

及膝膠鞋和泛黃背心——
偷閒小販像一尊飽足的雕像
飄然欲仙地拈著榴槤果核

三、路

平坦的地勢
和新規則——單向道
使回鄉的遊子必須調整自己
才能找回
家的輪廓——寬闊，不過一錯過
就得繞兩三倍路

四、食

張亞泗。口福香香？美食的名字
是水墨畫上的花——白和黑是天地
水紅是血。美食，美食首先是
尋找，就給你尋見的
花——饑餓是喧鬧的蜂
思念是無聲的蝶

五、辯

可是我不知道：
如何不讓自己
成為一場狡辯

可是我不知道：
說什麼來取代
我隱秘的懷抱

可是我不知道：
我憑什麼是我
自己的代言人

2009/6/7初稿
2009/6/23刊於《南洋文藝》

碎片：致安哲羅普洛斯[*]

接下來，是回家還是再次，隨你

去流浪，去犯錯，去客西馬尼園——

猶大西斯^{**}，宰予，不斷殺伐的

亞歷山大啊，你要賣掉多少

才能買回

整個地獄？每一架紅綠燈

都是邊境。弧度。乳溝。對不起。

我幾乎就要一邊走路一邊寫字了。側耳

聽到陌生奶奶坐在店門餐桌旁

開口說方言。我豈是咖啡

或麵包。潔淨禱告。球狀白髮

好像微型核爆（半世紀的燃燒

使她捲曲成一張

晨風中的和平條約。香蕉鈔。）又塞車了

一切都好像，錯位齒輪。對不起

我知道你會鳴笛，畢竟

---

[*]　安哲羅普洛斯（1936-2012），希臘導演，其電影多以家國文化之傷逝為
　　題材。
^{**}　猶大西斯＝「猶大」＋「尤利西斯」。

我豈是鋼鐵，或肉做的小舟

去流浪，去買紙，去

探訪過去探訪過的。可能嗎。現在

三眼怪獸還在

眨著一種電報：關卡。關

卡──快點

過啦。一二三四五。（前天撞死十九個

昨天又四個。他們聽見司機的

狀詞嗎）嗡嗡嗡。巴士終站真的

很像養蜂場！一箱箱

冷氣。白煙。比花

濃郁。彎腰婦人啊，為何笑著開門

你喜歡我看你嗎。我豈是鏡子。「小弟」

咦！又一個奶奶：「可以借我

你的筆嗎？」──好啊。你們需要

紙嗎？──帶走稿紙碎片

以及彼此的號碼，她們分手，留下

幾句謝謝。撕裂的一小截

漂入人流，使我得以突然

進入下一頁。好啊。就在不久前

我還幾乎一邊走路一邊寫字──

接下來，是回家還是再次，隨你

在世界流浪，像紙在人間，水在海中
蕩漾？你有歷史，我有空茫，我們
知道一些共同的東西（你知道我可以賣掉整個理智
來把現在
寫成一首長詩。一首永遠
欠缺一小截
的長詩。但是）現在
當我決定搭車探訪過去探訪過的
我才發現：四令吉？
又起價了。要命的比例。其實
我想回家，我的心
在家裏
等我回去。不要特洛伊。不要血田
猶大西斯，靠著離家
來證明家的存在，是多麼
傷心啊。所有毀滅都在證明：
音樂，不必不是時間
你在鏡頭肢解石像，日本人在你家裏
剪你的希臘，我在芙蓉第一巴士終站
探訪腦中的文字（我幾乎就要
邊走邊唱了
可是樂器很重，警察

又不那麼完全

可靠）接下來，我並不知道我等下

會在目的地錯過（再次是

錯過了

才知道）也沒有阻止自己

在回家的車上

順著路和時間

小睡一下。在現實中

你叫安哲，我叫詒旺

而眼前這些播放的打字的電子儀器

又是哪一位

遞給我們的碎片？

2009/12/31初稿

2010/4/1刊於《香港文學》

程序

——2005，往返船頭與芙蓉

一、

白鳥　像濁流　一枚靜止浪花
篩選　吞食　化煉　飛昇

如果不是　前方樹木
擋住　扭頸　生疼的後望

堅挺視線　還可能挑到
它留下的一襲　浴衣

並且弄懂　衣下　的底蘊
讓慾念　死　也死　得透徹

二、

如果時間　具體化了　你會昏睡
如時間　看到　你不在其中　的場景
放棄追究　沒有發生　的正確
得到寬恕　隨或不隨　乘客
上落　種族　村落　廟宇　診所
昏昏　挾帶倦意　發生　未發生
失去身體　得到寬恕　像一條路
走過　暫時　恢復原狀

三、

不妨下去走走　趁司機休息　半點鐘
讓腳實踐　車輪　所無法代勞
讓膀胱找到　免費廁所　半山坡
先後有一間　診所和警署　哪一間
比較親切　比較不會阻礙　尿意
鳥在樹巔唱　鳥在路邊唱　鳥在半空

不停歇的　唱　它們可以隨地
唱免費　沒有天使　或居民　監視

四、

我感覺我的膀胱　有一艘小舟　和岸邊這些
並列　安安份份繫住　比小鳥忠心
我不去追逐　受驚的蜥蜴　它的血管
像綠色魚網　曬曬太陽　收集情意
日子有功　會巨碩如龍　把太陽含在口中
這當然是想像　蜥蜴本不是　我的目的
嚇走了　也不可惜　只是離去的聲響
震動了麻繩　我的膀胱　又一陣緊張

五、

紫紅針花掉落　蜜蜂愣在半空　像戀人
為自己的粗暴　懊惱　而無意罷休
在樹下仰望　這種繁殖糾紛　這種公然
喜悅　刺人的　斑斕嚶嚀芬芳　這導彈

不宜近觀　什麼時候來的　他車停樹下門半開
閱報打哈哈　這個馬來男人　陌生人走過
也不抬頭　我算什麼　蜂啊花啊的
房事算什麼　而我放心不下　還是回去看看
巴士開了沒有

六、

巴士沒有開　巴士才不像　你的心
總是不相信　時間表　小信的人啊
爭取來的時間　猶如捕來的風　時間的水面
是一張公平的帳單　要想還　站在水上
走過來　走過來　得到寬恕　巴士沒有開
你可以等待　坐在候車亭　掏本書
書本是水　石凳是水　左側廟宇嗩吶鐃鈸
右側學堂靜默　右前店屋K歌　音走似水濁

七、

所以我不明白　才華為何　總是傷痛
而平庸　總是隱晦如陰涼的痂　為何血要像光

而血管要像豬肉　癱在市集的俎上　為何心死
需要耗費巨大的智慧　為何炭灰　總是隱晦
如包藏禍水的管　你告訴我隨機　你告訴我順勢
你告訴我不要　太輕易摧毀　你告訴我原諒
原諒自己　因為平庸　而產生的才華
你給了我疼　你給我榮耀　你給了我一張平伏在水面的
水面

八、

那是想太多　書讀不夠　世面見得又少
的孩子　年紀不小　但臉孔年輕
他不擺姿態比較好啦　但你如何要求　一個穿上衣服的孩子
重新脫下衣服　當脫下衣服　已經和穿上衣服
一樣難　你不會喜歡他脫衣的　你會要求他再穿上
我看他也不會輕易脫　社會是一個老色魔　嘿嘿說你說我
你看他穿的是什麼　不做工　背書包如背無用的草帽
他為何那樣年輕　他走過的路　難道沒有變過麼

九、

我上車　司機說是去某地吧是去　　（印度人用馬來語）
設問修辭法　我給的錢額也是　有些默契
是印度人吧　最後下車最先上車　駕車是手段
坐車大概不是目的　我沒有目的的上了車　動機是有些
坐回同一個座位　頭擰向同一個窗　就會看到同一條路
對面的風景　有些景會動　有些風不會
比如說牛羊狗雞鵝　比如說屋子　油棕站在之間
變成山的乳房乳房　路行顫顫　還真有點暈浪

十、

如果時間具體化了　你會昏睡　如時間
看到你不在其中的場景　放棄追究沒有發生的正確
你看到一條街上有三間診所在競爭
你看到一首詩因為人力而有了無數縫隙
你只寫了四個小時　當然可以再寫
如果一生只寫一首詩一定可以構成一部史詩
你想起荷馬　還有許多瞎眼的瘋子

你想起平庸　而許多平庸都不等於放棄
你想起路邊垂死的狗　你暫停這首詩

　　　　　　　　　　　　　　2005初稿
　　　　　　　　　　　　2009刊於《馬華文學》

朗・伊曼

——2009年8月24至26日，隨教會團隊前往砂拉越本南族村落
「朗・伊曼」，得詩若干如下。

一、舟行

瘦長如棺木，在水面劃出一曲
蕩漾和流逝——
只要行進，音樂就不會消失

抱河如抱琴，把乘客排成眾弦
把長舟駕成
迂迴的弓——淺灘探楫，轉角
變速，驚嘆和禮讚此起彼伏

這是可畏的協奏曲：抬頭
大雨擊破河山肌膚
我們惟有俯首，聽憑舟子引領
浸入雨林的主旋律

日復一日的探險使他學會和危險相處
壯碩的膀臂把血液輸入瘦長棺木
音符護送出去，又有一批進入

這是可畏的協奏曲：伸手
濺起沁涼。鱷蟒隔著無形距離
箭鏃鏽在河底某處
聲音如何表達安靜

生活也要如何
穩重地漂浮。在河面
我們從陸地航向陸地。在行程，我們從目的
進入了目的──無知如何

智慧也要如何
聽憑引領⋯⋯

2009初稿
2011/6/5刊於《文藝春秋》

二、河浴

等我發現時，我已經
回到人間──

陳年泥濘積壓卵石群底
滑膩、溫涼、彷彿永不凝結的鐵漿──淺淺之河
乃難渡如一口無鋒劍──卵石密密麻麻扎痛腳板
廢去泳技和站立的尊嚴，使你乖乖地爬，或乾脆
坐在水中

看──這裡小孩魚一般
從這葉長舟跳到那葉長舟，入水出水
不像我們：笨重如石。
水流穿過泳褲，驚動、收縮
再漸漸放緩、抬頭──

山脈和我就坐在同一條水平線上，以致於遠
也變成近（或者遠近只是我
和我的距離？）──你測到了村莊

就坐這裡的緣故？因為河灘
夠淺啊。前有急灣，後有交流，這裡坦然有小孩
從這葉長舟跳到那葉長舟
少年開啟摩托，開始模仿成年的掌舵人

奇妙：大河淺到這個地步，是
適合啟航的地步——
擱置、落腳的地步。如果沒有下水，也就不知
亂石難行如此：爬、滾、走上四五步、坐——
難怪的，視線就是輕，才會高出水平
如果沒有坐下，在泥石中，與河山村莊
在同一底線……

有一段時間，我發現
我，坐在神的殿宇中

2009初稿
2010/8/22刊於《文藝春秋》

三、菜

野菜是泥土幫我們種的
日常食品：芭菇、竹筍、空心⋯⋯
既然是泥土幫我們種的
我們又住在泥土上——
野菜，野在什麼地方？我們
野在什麼地方？
食物使我們謝恩尊重
死亡使我們謹慎敬畏
當我們不再醉臥如豬籠草
按時聚集、聽講、禱告
修整慾望如開闢曲折的小路
流的淚像被斬的草被伐的木
迎風滋長，我們明白
真正的曠野乃是怠惰，真正的荒原起於
過度渴望引發的絕望。我們
野在什麼地方？可以吃上一百年的
就用一百年來種；可以寄居一輩子的
愛一輩子

不就夠了？一百年的菜

泥土幫我們種，一百年的愛

要撒在下一輩，幫下一輩

種。發電機在客人來的日子

開到十一點，手工藝品在客人來的日子

擺設多一點，只有野菜

野菜不管客人來不來，泥土幫我們種

任我們採──不要在一天

採十天的菜，不要用一生

為永恆流淚──野在什麼地方

我們也在什麼地方。我們在什麼地方

泥土幫我們種

2009初稿

2011/6/5刊於《文藝春秋》

四、回音

半身高的草覆蓋了球場

剩下掛球網的鐵柱

抬頭爭一口氣──多久沒人玩球了？

移植失敗的種子

母山豬死了，小山豬在籠裏打轉
母猴子死了，小猴隨孩子嬉戲
我從來不知道山
是那麼現成的寵物店

為何請一個穿T恤的奶奶換上傳統禮服？
為何走進長屋而驚嘆裏面有雜貨鋪？
為何拿起手工藝品，卻不敢像外國遊客
繳付昂貴價格？

我把吹筒舉起
對準一片葉子；我把吹筒放下
去尋針，任憑葉子
隨針孔留在樹上

他們看我們，淡淡地看著一群意見
淡淡地笑笑點點頭
對一群問號
淡淡地笑笑點點頭

隔著一道墻，他們拿起我帶來的吉他

向神唱起感恩的歌。等到歌聲化作回音
我才敢過去輕撫
那把安靜、害羞、敏感、收起翅膀的
吉他

我們是坦誠的
可是為何，別離
總是能讓我們
更加坦誠

2009初稿

2010/8/22刊於《文藝春秋》

五、斜坡往上

小徑來到森林的斜坡，往上
就是獵者留下的足跡，前往捕殺、摘取
新一天的生命。「就是這種毒樹
可製麻藥，塗於吹筒之針」酋長淡然描述：
昔有野豬沿路誤食，乃於途中
化身碩果，轟然落地，嘔吐，死於一片
抽搐的白沫。「然而中了藥的獸肉

依然可食」——這原是極大的奧秘
野豬食樹而變成水果，卻依然
是食物。毒和藥的轉變，動植物的遺傳，竟然彷彿
和我這個食者無關？我依稀聞到
昨日的野豬在我鼻毛的叢林中
徘徊打轉，尋覓解藥——
（而在數碼錄像中，另一黑色家豕
被巴冷刀反覆切割，斷頭，身軀橫臥河邊俎上，兀自
奔跑狀地抽搐，停頓，等待我們
重新播放……）——解開解體之痛，解開
生命這場短片之馬賽克，解開麻痺的味蕾
解開一個人客在饗宴中和食物面對面
魂對魂之沉思——野豬啊，你是否已經進入我的身體
彷彿進入另一座森林，繼續覓食？
現在，我來到森林斜坡，小徑告一段落，往上
就是昨日你的來處麼——
吹筒收在酋長房內，比較常作攝影之用
槍彈的硝煙依稀還縈繞在毒樹的葉尖
「如果多留幾天」有經驗的同行者說
準能吃到蛇和猴子……
長舟在岸邊等候，我們這就要走了
從今以後，我們也許是指

我，我的弟兄姐妹，這片土地，身體這座森林
還有你……？

2009初稿
2011/6/5刊於《文藝春秋》

波‧德申

一、碼頭

廢置鐵道偶爾還會丁丁關上虛無的柵欄

但想起的次數已經很少。多少年了

橫過馬路的鐵軌依稀起了路墩作用

讓文明減速，穿越二三小鎮、義山、園丘

以及不住蔓延的建築，從芙蓉一路迂迴終於來到

夢境碼頭終站。在巴士未有空調的年代

你可以在某個轉彎陡然嗅到溫馨的腥味，不用看也知道

海已經在身旁呼吸。發電廠，紅白煙囪依舊像棒棒糖

獨立中學在隱幽的小路深處培養

繁忙裝卸來去都在岸外，與市民靜靜擦身而過：

紅不起來的樸素，順應改變的世故

填海地，肯德基，自製漁籠，某些退潮期

挖蚶的身影在烈日下蚯蚓般把淤泥翻起

隨著水位低垂，麻索是漁船和陸地的單薄聯繫

我不明白：那麼熱他們還可以從艙中睡醒緩緩伸個懶腰？

餐廳和夜市輪替經營，產卵般排出殘羹、飯盒、洗碗水
也真難為覓食的魚和水鳥──
不遠石堤處，我曾經遇見一隻海龜
小島般冒出，照個面，復把許多陌生感觸
載入水中……

二、三英里半

退潮時，我可以涉水，踏上沙洲
尼龍網在樹和樹間飄蕩，好像有只隱形蜘蛛
看我來做什麼。透明的屏風啊，人間樹，顯然
這裏也是地盤。突然我好像被迫領悟
只要時機成熟，尿液就可以讓任何地方變成廁所……
視線和路線不盡相等：看似筆直可達
一路卻有深淺，為了不沾濕上衣，從岸到洲
繞了逶迤婉曲。拖鞋若不提起
很快會浸壞，但濁水底下實在
太多看不見的東西
我的臂彎似乎就是在此感染多年的癬，逢汗則起
一再證明：汗與海之相通，每一雙手
都是生命港口……岸上有黃狗黑狗溜達

岸邊洋房內，家犬吠得比海響亮
多少年了，縹緲細碎，彷彿散落成
腳下填海的沙——踏沙的陌生人啊
休想得到沉默：新的監視者
將用新的紅舌毛尾
不定期粉刷

三、四英里

照理說，走到這裏已是水中央了，但是由於有夢
所以運沙、填海、植樹——
軟塌塌的新沙灘像受傷的乳房，等待昔日熱鬧
更深，更闊、更符合……
走在昔日水中央，恍如走在水面上
建在海面的摩登浮腳屋，不知銷量如何？
屋主們是漁民、漁民後裔
或僅僅，夢想貼近水
魚？

四、酒店們

不是每個地方都有「歡迎光臨」——但我總奢望
沒有一片海灘
不迎你以浪、以風、以牆壁般斑駁復又粉刷的
潮跡。我總奢望不再有任何泳池
在海附近，和海一樣
把愛人淹死

五、檔口們

每逢假日，檔口們就像蚌
打呵欠般打開，用Sirap和Sambal紅
舔那些雪條——剝開外衣
渴望潮濕、積極融化、拼了命去休息的
身體：香蕉船、水摩托、雙人筏、陽傘躺椅……
每逢假日，錢包就像螺
空空洞洞目送鈔票
寄居蟹般遷離

六、野餐

我嚮往某些慣例：保溫桶一掀蓋
椰漿飯香隨蒸氣飄出
草席是尼龍無妨，只要破浪後的肚腩
能躺成海藻，暫時不扮演
沙包或城堡——畢竟脂肪和泥沙
都有難以細說的柔弱——救生圈
用租就好啦，買還要吹脹洩氣、佔地丟棄
不要為忘記帶的東西嘮叨爭吵
可以多帶的，就多帶吧？家人
家人——我嚮往某些慣例，它們
那麼接近美德（當然
在海邊出現一些放諸四海皆準的
慣例——比如名牌家鄉雞
總是讓人洩氣、吹脹
一些鄉愁的）

七、八英里I

錄下海的呼吸，為了那首粗糙、誠懇的《浪》
寸許高的海水像浮滑的玻璃相框，框住走動的身影
雙腿穿插如一對鑰匙，扯脫透明的鏽屑：
海是不斷被踢破又自行修補的門，許多靈魂走入
就被關在裏面；許多想法勾出，終究蟹殼魚骸……
人少的時候，海作為生命邊界
那麼清靜。錄下風浪，也已不是風浪——
想起的音樂，也只是時間印象

八、八英里II

十年前的漏油和十年後的汙名
關係如此微妙：像舊情人，永遠只認得
以前。沙細依舊，灘長依舊，只有水
水和記憶皆不可用理性
斷定。麗都酒店在此多久了
進去五毛錢的廁所，聞到木板的鹽漬
感覺腦海的排汙系統
也老了十年

九、八英里III

從盡頭走到盡頭，赫然發現
一個海灣搖籃般，多少年來
靜靜接待……
土質、生態、水的清晰度
沿途變化，彷彿一襲
沾滿嬰孩體味的紗籠：
我的頭該枕在何處？我的尿
已經恥於撒在床中，我的腳
植入水裏，總得扎根生活，我的心
一再離開這裏，像離開受洗的子宮

十、九英里

連綿旅社洋房，像一縷橫臥睡衣
把視線隔開。午休順便巡邏的警員
悠然繞到這斜坡，享受隱秘的開闊
多石、多礁、多碎玻璃
樹因寶藍的侵蝕而逐棵倒下
政府工程正在積極探入、馴服

十一、十英里

一個海角，兩面海灘
斜坡往上就是老燈塔
鷹在林梢棲息，時而盤桓
繞塔。潮水退到遠遠時
龐大的招潮蟹陣分散駐紮且奉行和平主義
移師退讓的腳步沙沙清亮如水漏
淤泥吃進濾出，以螯砌成圓球
密密麻麻的星圖，每天反覆
洗去。慢行螺貝書寫歪斜密碼
水草捉腳，淤泥陷足
黏膩淺灘其濁兮，養活紅樹和魚

十二、十二英里

這灣好小的懷抱，父親曾經放線垂釣
懷抱以外，則是全身投入的漁父
在及胸的水中拉網
十尺漁船沒有展現太大野心

水平線上點點貨輪好像亙古靜臥的島國
岸邊沙洲時隱時現──彷彿人海之間
一道殘留在羊水灘上的臍帶

十三、老港

銜接馬路的木橋早就鋼骨化了
父親的故鄉，只留給我
一種蒙塵的過年氣氛：偶爾探訪
老去的事物。港口不再是貿易樞紐
兩排戰前店屋被新樓包抄，中華小學斜斜對角
也起了好大的國民小學⋯⋯
我到哪裏尋找父親避難的蹤跡？在母親的轉述中
我到哪裏尋找父親消失的言行？在我
在我。時間是記憶的臍帶
（這一節，倒不必到死
才明白）和我無關的
終究也漸漸，和我有關了

十四、邊界

大橋過去，就是老王朝所在
但我看不到
王朝所在（時間丁丁把柵欄關上）
橋底是河口，裝設成釣魚臺
紅樹夾岸，偶有猴子戲耍
從州到州，有河分隔
有橋聯繫。忘不掉的現實成為記憶
忘得掉的，是夢（黏膩淺灘
其濁兮）
這片靜僻土壤，僅僅因為來過
和我無關的
終究也漸漸，和我有關了

2010初稿
2010/7/13刊於《南洋文藝》
2010/7/20刊於《南洋文藝》

心漂

——Melawi海灘，吉蘭丹

六月，南中國海以溫柔的退潮
容許我的腳
觸及它的沙
和浪。傍晚雨絲垂入我漸白的黑髮
再被風吹開，如生根的翅膀

低頭，彎腰，我看見
幾枚灰褐的海星，像火在水中
沖淡的色彩
冷靜的
心漂——在宇宙中
一切早已升空，而正是虛空
像黑色羊水，把我們密實地
裹住——我對朋友的孩子說：
「不要踩它，會痛。」

海星會痛麼？痛會隨著身體

粉碎成沙麼？聽話的孩子轉眼就跑開

踢椰子去──他要踢進海，我就踢上岸

唱唱反調，製造

踢的機會。多麼平和啊，然而

「我們還未看見

海發怒的一面」

從椰林飄搖，海面圓潤

我們可以從經驗想見

有些景象，不妨避開親眼……

這是愛，不是其他，當孩子的父親勸他

別讓海水浸壞拖鞋

別用從天而降的沙嚇壞殼中的寄居蟹

別讓鬆動的乳牙阻擋了恆牙

在他學會吃辣以前，先吃本土化的泰國餐

在他定性以前，把他過契給「孫悟空」

在他長大、離開以前……

這是愛，不是其他，而愛總是像海

沉澱了無數恐懼的沙

啊，沙一般的心事
我可以說些什麼？
當六月的南中國海以敞開的胸膛
記下我微急的拖鞋聲，容許我
觸及，像一枚海星回到自己的天空──
初次的海也能像家鄉的床
把掛念工作的心跳
密實地裹成
心漂

2010/6初稿
2010/10/24刊於《文藝春秋》

6

法利賽戀曲

愛情，眾水不能熄滅，大水也不能
淹沒。

《雅歌》8：7

輕節奏

星星
遠遠看來
很輕巧

同步而行
我看到你的過去
穿透黑暗

我們是來不及相擁的
愛如此環繞
一週一週

如何承托
這流光如蜜

2002初稿
2002/9/4刊於《臺灣副刊》

孤獨

已經不去追究
你究竟是誰

已經感到自己
沒有愛的實體

已經觸及心底——
猜想靈魂死後
依然會為你呼吸

因為你美
而我是美的——
我屬於你

2010初稿
2010/7/25刊於《文藝春秋》

法利賽戀曲·148

距離

我求你拈熄
不要讓我覺得不要讓我覺得
我的愛是一種罪
我求你拈熄
不要給我風不要給我
距離的風——
不要讓風產生,不要遠離
不要讓我被風
撕裂。我求你
拈熄,用你的指端
用你的擁抱,而不要
用你冷風的距離

2007/10/13初稿
2008/1/20刊於《文藝春秋》

放下

把重的放下
是因為重的
很重──
不能讓它隨著持重的身體
跌倒──
不，放下並不是為了顯示
它重，而是為了把自己
舉起，像把靈魂從身體
抽出。重的
放下，輕的
舉起──那麼身體就是
天平了：輕和重
垂直地
平衡著

2007/11/11初稿
2008/4/1刊於《南洋文藝》

傷心選擇題

1. 準備好的禮物沒有送出，叫做

    A 不能送的禮物　　　B 不想送的禮物

    C 不敢送的禮物　　　D 不是禮物……

2. 準備好的話沒有講，叫做

    A 不能講的話　　　　B 不想講的話

    C 不敢講的話　　　　D 沒有話講……

3. 準備好的人沒有行動，叫做

    A 不能行動的人　　　B 不想行動的人

    C 不敢行動的人　　　D 不是人……

（如果你看得到

請你選擇我

雖然我不在選項中

而我也不是我所想出來的

傷心選擇題……）

2010/3/28初稿

候車以致

○○，環繞我的空氣不斷老去
車站幾灘污水都已蒸發，雨後隨風
鴿子一身油漬，在搭客面前覓食
戒懼降至最低，揚起沙塵
旅程真實以致此刻的安定很不可信

愛意沾染了我，可我感受不到
純淨。午後陽光步入車站
催我讓位，如道德
如沙漠親近

而我已近海，上午出發
離開你，長車驅入思念
好幾次，我認不出鏡中的自己
鴿子咕咕在車站吊燈
除了羽絨，我擔心排泄……

我本不認得你，○○，車來車往
而我等著朋友
想著你，寫著自己的命運
事物陌生以致我擔心會就此結束
來不及的人生，車來車往

而雨再滂沱又能彌補多久？遍地坑洞
身前巴士引擎鼓動
撲面冷暖，路過的少女乳房似花：
風我，刺我

我欲卸下，將掩飾的身心
寫下，歷歷在目無法崇高
胸間坑洞車來車往壓過肚皮擠眉弄眼
我不欲為你修身，視你為缺陷
的彌補，我

可以如何卸下？○○，當坑洞是我
而你如風的身軀恍似我失落的陽具

2004/8初稿
2006刊於《馬華文學》

坐忘

你在遠方如常生活
遠去的水留下無根的霧
天光日夜輪替
照痛森林的肌膚
記憶消融似乳
一片落葉以外

是一片虛無的落葉
在空中凝滯如土
你在遠方如常生活，如日月
出入記憶的霧
這不是你——朦朧
正是朦朧清楚之處

思念也有思念
很清楚的本質。這不是你
你在遠方，匆忙或許如常，沒有帶走

兩岸刷落的泥石
河寬了，淺了

更加像床，更加不像深淵
了。夢的途徑隨著歲月的沉積
肥沃起來，以森林的肉血，栽種霧
白穗沉思密密，光線無從落水
克制：克制乃是一片雄性
無根的處女地，你在遠方，膜在此處

記憶的膜在此處張羅，如一張破網被肉血修復
蛇渡、鱷潛、百歲野豬無懼地低頭淺酌
山洪偶來叩門──這個愛洗劫的訪客
且不回應。不回應，許多變化就未發生
遠去的，顯然也是水不是你

遠去的不是坐守荒山的我
我何嘗不像日月，出入雄性的處女地
帶菌者般，把許多變化帶到過去
繁殖、發生、毫無根據地
充滿原創性。白穗密密，許多哀樂都不是
不是你，我就放心了……

你在遠方如常生活，如常
就是一種最幸福的侵蝕
想你，就有如俯仰日月
天光如藥如毒，但取所需
不用憂心掉落，不用坐守
白霧──百歲都未必發生的，淡忘

2005初稿

水手的夢

一、即使在夢裏

即使在夢裏，我對你
也是克制
如紐扣，解開了
也還是依附
在衣服上

即使時間使線霉爛
即使我的心從我身上
脫落，你的手
也許不會，也不必察覺：

我的感情是一塊透明的布
比虛偽的海面
平服──愛人啊
真正愛你的水手

不會願意把海披在你身上
雖然我也不明白
我為何活在我的夢裏
像水手，總是在海上
醒來

二、蒸發的念頭

蒸發的念頭不斷在頭頂
蒸發。我想，唯有蒸發
我才能給你
平淡——甚至，如果空氣夠純
甘美

可是風雨，一想到風雨
一想到酸性的空氣佈滿整座鋼鐵城市
一想到拋上天空的牲禮只會降下腥風血雨
一想到我的海底盡是長有鰭鰓的牛頭馬面
一想到我掄棒呼吼的猴王還未拜受洗禮
然後

一想到你（想你的裙，想你的美
想你每日謙卑而高貴地用裙拂掃大地）

我就苦惱：太深，太重啊
我的海旋即把我拋在巨浪頂端
懸空，所有蒸發的念頭
重重地落回我身上
像一封，你知道麼
沒有寄出的信，啊，鋼鐵的
信

三、明瞭而微妙

整個事件是明瞭而微妙
我反覆用浪花寫你名字
我反覆用吉他
掃出浪花──採蜜的蝴蝶逆著風
停在浪花上，把滿口苦水
吐出。啊，蝴蝶
蝴蝶輕薄是我的胃，是我
反芻的思想，是我的思想

發出牡牛

獻祭以前

垂滴

的哀鳴：整個事件明瞭而微妙

就像人們已經不屑說的

海枯石爛——他們不知道

海枯了，我會從海上向你走來

像新生的朝日——整個事件

明瞭而微妙：因為時差的緣故

現在的我是愛著你的

現在的我是愛著你的

落日

四、我要從夢裏

我要從夢裏醒來，多看一眼

現實中的你，兩眼三眼

我要多看

（海枯了，我會從海上

向你走來）

我要從夢裏醒來，我要避開
不斷消耗我們的夢，我要喝止
慾念的根鬚，那些從我身上長出
長有鰭鰓的
牛頭馬面
（海枯了，我會從海上
向你走來）

我要從夢裏醒來，我不是冥王
我用血氣喝退一群塞卜拉斯
我對冥王說：放過我吧
我們各有所愛的女人
我們都知道寂寞是所有生靈的
冥界
（海枯了，我會從海上
向你走來）

我要從夢裏醒來，像空氣
走出氣球外，多多看你
直到有一天，我的信心強大到
即使海不枯，我也會從海上
向你走來（哪怕那一天

要等到
海枯那一天）

五、即使海不枯

即使海不枯，我也會從海上
向你走來，因為我無法
不這樣做

我要從夢裏醒來，因為，天啊
你美得像夢，使我驚懼：
我會不斷陷入
夢裏的夢裏的夢

（所以我愛你的姿勢是
上升，用小狗式，青蛙式，上升上升
自海中，咳，如果可以
自你懷中）

我要從夢裏醒來，因為
這已經是我唯一可以確定的清醒

我對你的愛是一副耳塞，抵抗
那些世俗的迷惑，是Siren
啊，Siren's silence
它們負責唱出海濤和象徵寂滅的喧囂
阻止水手度越
我不知道是誰差遣它們
我同情，但不接受
（我命令牛頭馬面把我捆在自己的陽具上
咳，這是什麼，好像是正確的
蠢命令）

我要從夢裏醒來，即使海不枯
我也愛你（咳，這是什麼，總之）
不停蒸發，不停重重
落回身上

即使海不枯，愛人啊
我也會從海上，把自己上升
像順著軌道的落日朝日，我要
向你走來……

2007/5/28-29初稿
2007/8/12刊於《文藝春秋》

肯定、也許、不知

每當我想起我
要如何交給你？
我的問題總是讓我跳起
圓圓的圓舞曲：
肯定、也許、不知……

每當我想起你
就想起上帝
囑我無須擔心，讓舌頭
跳吧，跳一支圓圓的：
肯定、也許、不知……

每當我想起我們，詩
我就害怕想起：一個沒鑰匙的小孩
反鎖在答案的門外
隨著大地的冷熱
跳起，又跳起：
肯定、也許、不知……

（所有玄學詩人，都是肉做的
一枚枚，試圖打開自己的鑰匙）

無須為愛情加上太多經驗的詮釋
無須為白色設定將來的汙漬……
如果這些無須能夠為你帶來肯定
也請無須擔心生活的舞步
為何總是
肯定、也許、不知……

2010/7/22初稿
2010/9/26刊於《文藝春秋》

法利賽戀曲

——這組詩原初是由黑白和七彩構成「九色」，但我恨透了這個構思，它顯示了我在感情上的懦弱偽善，在文字思想中打轉卻沒有在現實中應對的勇氣。因此我不願意再寫下去，並且給它新取了以上的題目。

一、黑聲

從墜落開始
那果實就無止境地
腐蝕、穿透
不斷深入的聲響彷彿汽水泡
誘你打撈：

一口
永無倒影的
井

如果愛意是風——

風使一隻鷹
幾乎忘了飛翔
是需要振翼的

我知道，且不敢忘記
俯伏是怎麼回事——
我知道罪
我知道塵埃，塵埃的滋味

像我們這種人
在真誠的背後
總是另有一種
黑色的真誠：

我恨透了你手上的戒指
它太像
你看我的眼神

渾圓得
使我破碎

（如果愛意是風）

我又怎能阻止
風，破碎地
完整著⋯⋯

二、白影

因為它的影子是白色的
以致我們看到白色
就以為看到它

我要以它為樂
但我不確定
你是否它的影子

（如果我希望，你是）

誰樂意被當成影子？
誰敢說：我來自我？
（誰敢擁有

自有永有的寂寞？）

我對它說：我來自你
但我不確定
你是否它的影子

（當你愛上一個人
你就成為
愛情的影子？）

你確定
你能愛上
愛情的影子？

（如果我希望，你不是）

（如果愛意是風
思想就是
捕風……）

我寫詩，我從小就知道我是詩人
但我多希望我不是
愛情的法利賽人

2010/8/17-27初稿
2010/8/31刊於《南洋文藝》

你嘴上的唇膏

你嘴上的唇膏，不像是塗上去的：
一種意念的分泌物
讓我的目光品嘗到
它的潤澤

一頭蜜蜂會痛、恨嗎？當它一頭栽入
那朵被自己兩翼所激起的
水花中？

我多希望我的舌頭是你的唇膏
那麼淡，彷彿並不存在
或是與生俱來

可我為我的舌頭遺憾
它擱在蒙塵的口中，像一枚古董花瓶
由於裂缺斑駁
而失去拍賣的價值
（我曾為它插入許多目光之花

灌之以意念，一再引發
心頭蜜蜂自墜如被催眠的轟炸機
裂缺加多，更多凋零，也無須拔除
它們，會自行渙散）

那麼遺憾，那麼美
我幾乎可以確定你的嘴唇
曾經被童話吻過——
（我不讓自己憎恨童話，因為我就是
一則裂缺的童話啊⋯⋯）

我不能讓舌頭割傷你，但我怎麼能讓
你的嘴唇劃過身旁
像劃過瓶口揚長而去的
蜜蜂腳上花粉？

哈囉，拜拜⋯⋯這算什麼日常對話？
總是希望多加字詞
總是希望發脹的舌頭徹底撐裂
不再小心翼翼（哎，蜂之翼翼）維護
沒有土壤的花瓶

如果舌頭是為你破碎
我願意餘生剩下一根虛無的舌頭
讓淤積汙濁的意念回流土壤
培育實體之花

如果能把想說的都對你說了
我願意耗盡一生的靈感
把自己煉成一句
你嘴上的唇膏：淡淡的

彷彿並不存在
或是與生俱來

2010初稿
2011刊於《馬華文學網路版創刊號》

索飲

全身血管都化作汩汩淚腺
日子就像一方巨大的手帕
反覆擦拭、吸乾、刮花
生活，這片沙漠煉成的玻璃

話題的魚苗穿梭其中
喜悅的蘆葦沿岸拍掌——交錯的目光
本來清澈如此，我幾乎
撥開就可以索飲於幸福的源頭——
如果不是垂首
瞥見那枚指環像黃銅滿月
墜落我眼睛的湖心
擊潰倒影——
你我之間究竟有什麼不可言說
為什麼害怕犯錯的我非得沉默？
所有憧憬
剩下疑忌的漣漪……

我想向你哭訴，日子越過越模糊

沾滿慾望的油膩

而我隔著玻璃看你

像一個賣力擦拭自己的囚犯

盼望親人來訪──開口，說一些不著邊際

閉口，就想回頭撿拾

因為不敢敲碎現況

而被思念敲碎的心……

我想向你哭訴，但其實我也無從聆聽

我們的距離

有多遠呢──

你笑的弧度、你聲的起伏、你穿的色

你辛勤的影──

你的客氣使我猶豫

再前進一步，我是否就會

再次撞上玻璃的倒影？

我想向你哭訴，因為哭是信任

是一枚果實敢於爆裂

袒露果肉的意圖

我想向你哭訴，因為落單的哭泣

是火焰

在燒瓶中燒（啊這個可恥的比喻

封閉、狹小、把愛比作試驗品

更充滿假道學之味⋯⋯）

我想向你哭訴

因為夭夭之笑是花，汩汩的哭

卻能把根通往幸福的源頭——

愛的支流遍佈全身

我帶著想哭的自己，像父親帶著孩子

每天努力穿越透明的沙漠

看到一天的你，就看到一天

索飲的綠洲⋯⋯

2010/11/4初稿

天使

這樣很好，我看著你，
不說什麼，就證明了美，
有時候，說和寫不止遠離現實。

沒有實行的夢，在追問下，
也被逼成謊言。有時候，
關懷和問候不止改善不了現況。

你有很好的手，你有煩躁和憂鬱，
這樣很好，我可以相信：
我愛著的是讓我心疼的。

我可以相信，睡在疼中，
可以穩穩睡入安息，讓淚像糟糠，
健康地，撒在你胸口。

多麼小巧的乳房，你知道，我不怕鴿子，
雖然她們的羽總是大驚小怪拍拍拍，
導致我變得喜歡，若無其事地疼惜。

我若要細水長流，就必要承受，
更多卵石的磨，
讓心的棱角化作粉末。

我若要吃，就不能傷害，
因為你是永恆的糧，每一口，
都咬在骨中骨，肉中肉。

我若要愛，為何看到嫉恨？
我若擊碎自我的鏡子，
你願意包紮我嗎？

你願意清掃，像鴿子，
啄我遍地的糟糠？或是飛遠遠，
垂首，側目？

我看著你，不擔心，不擊碎，
也不做什麼，就在假設以外聽見：
擊得碎的，都不是愛。

2011/4/7初稿
2011/7/3刊於《文藝春秋》

後記

　　有驚無險地活過三分之一的百年，也曾一本正經地想要在一些經歷中堅持一些什麼，然而大部分被時間證明，那就是一段經歷而已。偶爾用詩記下那些堅持，怎麼就像從河面打撈上來的浮木，在水中是輕而重要，在岸上是重而無所用，甚至有些擋路。如果暴雨把它們沖入另一次漂流，我怎麼好意思去設想把這一段段各不相干的浮木紮成為我所用的木筏，當那些思緒的繩索早已發出黴爛的懺悔和愧疚。有所求而無所爭，我是物質社會的Hollow man；有所思卻無所獻，我乃成為感情世界一介閉塞的法利賽人，那些被詩記下的經歷，如今被寫詩的人硬生生結紮整理成木筏，不就是我一本正經的自我迷失的偽律法書？

　　這是我的第五本詩集。回顧之前的集子，《鏽鐵時代》是概括地爬梳個人創作的成長及其變化的軌跡；《戀歌》是十四行和長詩習作；《家書》以口語試探詩歌，也收錄散文詩和比較難歸類的神話重寫；《鹽》是200首小詩短句；來到這本《法利賽戀曲》，則綜合了此前各書的試驗（除了散文詩，還在整理和試驗）。其實，這五本詩集的編輯和出版並非按書寫時間順序排列，而是彼此時間重疊，綜合起來方能

呈現一個十餘年的書寫架構，所謂「花面交相映」，結構整理出來，時間也就過去了。

除了〈輕節奏〉、〈摸象歌〉及〈路線〉是2002年的書寫，這本集子的詩寫於2003至2011年間。事後勉強分類，第一輯是2011年辭職後所寫；第六輯是情詩；第二輯偏向抽象思維練習；第三輯選錄幾首關己或不關己的夏雪；第四輯是延續〈鏽鐵時代〉的捫骚書寫（詳情請參考《鏽鐵時代》之附記），本來可分類到第二和第四輯中，為什麼分別出來，自有其不足道的難捫之處；第五輯收錄遊記或「地方誌」。可以的話，我想為往後的「地方誌」更留意時間的不可捕捉處和時間的不可擺脫處。一旦你把一個空間書寫下來，那個書寫中的空間就開始和現實中的空間告別了。時間使現實的空間變動，書寫中的空間卻往往把時間定格，或把「流動」也定格，彷彿把流水引進一個池塘。所謂追憶逝水年華，滄浪之水時清時濁，地方誌容或是豢養理想的方塘。「地方誌」是「志」，它如果擁有足夠的自知和尊重，就可以不為了無法取代「地方」而痛苦，或自以為取代了「地方」而自大。2010年頭我寫〈波・德申〉來整理記憶，2010年尾海岸線多處已經被裝修、改頭換面了。

情詩書寫時間橫跨多年，對象也不止一人，讓我覺得自己有點可笑，並且在無奈和愧疚中慶幸：如果沒有寫詩，我

是否會傷害更多？事過境遷，這麼說來，情詩也是一種「地方誌」了。

2010年12月29日星期三初稿
2011年7月31日星期日修

讀詩人17　PG0749

 法利賽戀曲
　　　——邢詒旺詩集

作　　　者	邢詒旺
責任編輯	陳佳怡
圖文排版	楊尚蓁
封面設計	蔡瑋中

出版策劃	釀出版
製作發行	秀威資訊科技股份有限公司
	114 台北市內湖區瑞光路76巷65號1樓
	電話：+886-2-2796-3638　傳真：+886-2-2796-1377
	服務信箱：service@showwe.com.tw
	http://www.showwe.com.tw
郵政劃撥	19563868　戶名：秀威資訊科技股份有限公司
展售門市	國家書店【松江門市】
	104 台北市中山區松江路209號1樓
	電話：+886-2-2518-0207　傳真：+886-2-2518-0778
網路訂購	秀威網路書店：http://www.bodbooks.com.tw
	國家網路書店：http://www.govbooks.com.tw
法律顧問	毛國樑　律師
總 經 銷	聯合發行股份有限公司
	231新北市新店區寶橋路235巷6弄6號4F
	電話：+886-2-2917-8022　傳真：+886-2-2915-6275

出版日期	2012年6月　BOD一版
定　　　價	220元

國家圖書館出版品預行編目

法利賽戀曲：邢詒旺詩集 / 邢詒旺作. -- 一版. -- 臺北
市：釀出版, 2012.06
　　面；　公分. --（讀詩人；PG0749）
BOD版
ISBN　978-986-5976-16-3（平裝）

851.486　　　　　　　　　　　　　101004420

讀者回函卡

感謝您購買本書，為提升服務品質，請填妥以下資料，將讀者回函卡直接寄回或傳真本公司，收到您的寶貴意見後，我們會收藏記錄及檢討，謝謝！如您需要了解本公司最新出版書目、購書優惠或企劃活動，歡迎您上網查詢或下載相關資料：http:// www.showwe.com.tw

您購買的書名：_____

出生日期：_____年_____月_____日

學歷：□高中 (含) 以下　　□大專　　□研究所 (含) 以上

職業：□製造業　□金融業　□資訊業　□軍警　□傳播業　□自由業
　　　□服務業　□公務員　□教職　　□學生　□家管　　□其它_____

購書地點：□網路書店　□實體書店　□書展　□郵購　□贈閱　□其他

您從何得知本書的消息？

　□網路書店　□實體書店　□網路搜尋　□電子報　□書訊　□雜誌
　□傳播媒體　□親友推薦　□網站推薦　□部落格　□其他_____

您對本書的評價：(請填代號　1.非常滿意　2.滿意　3.尚可　4.再改進)

　封面設計____　版面編排____　內容____　文／譯筆____　價格____

讀完書後您覺得：

　□很有收穫　□有收穫　□收穫不多　□沒收穫

對我們的建議：_____

_____

_____

_____

11466
台北市內湖區瑞光路 76 巷 65 號 1 樓

秀威資訊科技股份有限公司　　　收
BOD 數位出版事業部

....

（請沿線對折寄回，謝謝！）

姓　　名：＿＿＿＿＿＿＿＿＿　年齡：＿＿＿＿　性別：□女　□男

郵遞區號：□□□□□

地　　址：＿＿＿＿＿＿＿＿＿＿＿＿＿＿＿＿＿＿＿＿

聯絡電話：(日) ＿＿＿＿＿＿＿＿＿＿(夜) ＿＿＿＿＿＿＿＿＿＿

E-mail：＿＿＿＿＿＿＿＿＿＿＿＿＿＿＿＿＿＿＿＿＿